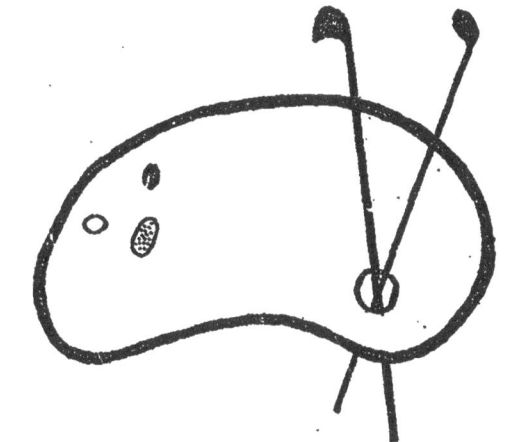

I0546672

DEBUT D'UNE SERIE DE DOCUMENTS
EN COULEUR

# LETTRES INÉDITES

# DE PIERRE CHARRON

PUBLIÉES

D'APRÈS LA COPIE DE GABRIEL NAUDÉ

PAR

## L. AUVRAY

Extrait de la *Revue d'histoire littéraire de la France*
(n° 3, juillet 1894, pp. 308-329).

PARIS

ARMAND COLIN ET Cie, EDITEURS

5, RUE DE MÉZIÈRES, 5

1894

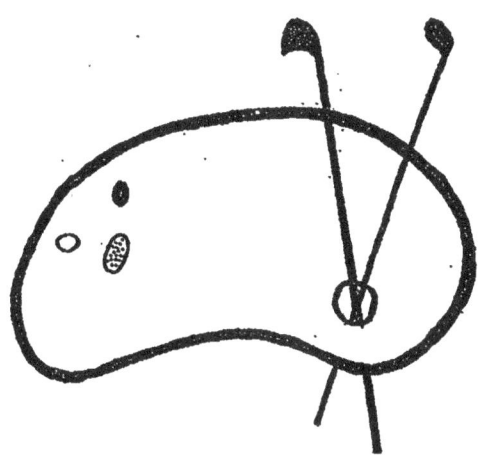

FIN D'UNE SERIE DE DOCUMENTS
EN COULEUR

# LETTRES INÉDITES

# DE PIERRE CHARRON

PUBLIÉES

D'APRÈS LA COPIE DE GABRIEL NAUDÉ

PAR

## L. AUVRAY

———

Extrait de la *Revue d'histoire littéraire de la France*
(nº 3, juillet 1894, pp. 308-329).

———

PARIS

ARMAND COLIN ET Cⁱᵉ, EDITEURS

5, RUE DE MÉZIÈRES, 5

—

1894

# LETTRES DE P. CHARRON

## A GABRIEL MICHEL DE LA ROCHEMAILLET

Tout ce que nous savons sur Pierre Charron, ou du moins presque tout, nous le devons à Gabriel Michel de La Rochemaillet. Non content de donner tous ses soins à la seconde édition du livre de *la Sagesse*, à laquelle l'auteur, surpris par la mort, n'avait pu mettre la dernière main, le jurisconsulte angevin joignit à la troisième, parue en 1607, un très important *Éloge de Pierre Charron*, souvent réimprimé, et principale source des nombreuses biographies ou notices parues depuis. D'ailleurs, la longue amitié qui avait uni ces deux hommes semblait désigner La Rochemaillet, plus que tout autre, pour être le biographe du moraliste. C'est, au plus tard, en 1588, à Angers, que Charron et La Rochemaillet, — celui-ci plus jeune de vingt ans, — ont dû se connaître. Leurs relations ont donc duré au moins une quinzaine d'années. Et comme les circonstances les ont tenus presque constamment éloignés l'un de l'autre, il devait s'établir entre eux un échange de lettres assez considérable.

On pouvait affirmer, depuis la publication, par M. Tamizey de Larroque, des lettres de Peiresc aux frères Dupuy [1], que les lettres originales de Charron à La Rochemaillet existaient encore en 1628, vingt-cinq ans après la mort de l'auteur de *la Sagesse*. La Rochemaillet les avait communiquées à Gassendi, qui fit part à Peiresc du grand plaisir qu'il avait pris à cette lecture [2]. Peiresc, à son tour, écrivant à l'un des frères Dupuy, exprimait le désir qu'on assurât la conservation de ces lettres en les faisant transcrire. « Faictes les vous monstrer, lui dit-il, et si les trouvez de mise, il n'y aura pas de danger que noz coppistes y passent quelques journées, estimant que quasi toutes les lettres d'un tel homme que celuy là pourroient estre aussy dignes d'estre leües et conservées comme celles de M<sup>r</sup> d'Ossat [3] ou aultres semblables [4]. »

L'original de ces lettres semble perdu. On sait combien sont rares les autographes de Pierre Charron. Ni dans la collection Benjamin Filon, ni dans la collection Bovet, ni dans la collection Morrisson, nous ne voyons figurer le moindre billet de sa main; c'est tout au plus si la Bibliothèque et les Archives nationales possèdent de lui quelques signatures [5]. Il est donc assez peu pro-

1. *Lettres de Peiresc aux frères Dupuy*, publiées par Philippe Tamizey de Larroque, t. I (1888), p. 628.
2. Dans une lettre qui ne paraît pas s'être conservée. Elle ne figure pas parmi les *Lettres de Peiresc et de Gassendi* publiées par M. Tamizey de Larroque dans le t. IV (1893) des *Lettres de Peiresc*.
3. Les lettres du cardinal d'Ossat avaient été publiées en 1624; elles devaient être plusieurs fois réimprimées au xvii<sup>e</sup> et au xviii<sup>e</sup> siècle; elles ont été longtemps considérées comme un livre classique par les diplomates.
4. Lettre du 9 juin 1628.
5. Les seuls autographes que nous puissions citer de Charron, sont : 1° deux quittances signées de sa main, conservées au *Cabinet des Titres* de la Bibliothèque nationale, *Pièces originales*, vol. 680, dossier Charron, pièces 19 et 20. La première en date (pièce 20) est du 9 juin 1596. Charron déclare avoir reçu, en qualité de « secrétaire en l'assemblée générale du clergé de France », la somme de 250 écus pour frais extraordinaires, lettres, commissions, etc. La seconde (pièce 19) est du 15 du même mois. Charron reçoit 1015 écus, reste de la somme de 1420 écus à lui ordonnancée par l'assemblée générale du clergé, tant pour les journées qu'il y a employées, depuis le 15 septembre 1595,

bable que l'on retrouve jamais l'original de ces lettres, si vantées par Peiresc. Et peut-être s'est-il perdu précisément pour avoir passé jadis entre trop de mains.

Cependant, le vœu de Peiresc devait être promptement réalisé. De ces lettres, il fut fait une copie, ou plutôt des extraits, qui existent encore. L'auteur de cette copie ne se nomme pas, mais son écriture suffit à le révéler : nous avons reconnu dans cette transcription la main du grand érudit qui fut, des lecteurs de Charron, le plus enthousiaste, et qui allait jusqu'à le préférer même à Montaigne, la main de Gabriel Naudé [1].

Ces lettres, Naudé nous l'apprend lui-même, il les avait copiées en 1628, sur les originaux que Gassendi lui avait communiqués. La copie de Naudé a passé ensuite, sans que nous puissions dire quand ni comment, dans la collection des Harlay; et c'est ainsi qu'elle se trouve actuellement à la Bibliothèque nationale, perdue dans un volume de *Mélanges*, dans le manuscrit français 15 536 (ancien Saint-Germain-Harlay 307), dont elle occupe les feuillets 157 à 163 [2].

C'est bien moins à nous qu'il appartiendrait de faire ressortir l'intérêt de ces lettres et de montrer le parti qu'on en peut tirer, qu'à notre savant confrère et ami M. P. Bonnefon, si versé dans l'histoire littéraire du xvie siècle [3]. Aussi nous bornerons-nous ici à exposer sommairement le contenu de cette correspondance, à indiquer les principaux sujets qui y sont abordés.

Les lettres de Charron à Michel de La Rochemaillet conservées dans notre manuscrit sont au nombre de 47 [4], et sont les unes copiées *in extenso* ou bien plus souvent par fragments [5], les autres simplement résumées ou analysées [6]. Rangées dans un ordre très imparfaitement chronologique, car nous rencontrons au moins quatre interversions [7], elles se répartissent sur une période de quatorze années (1589-1603). Les neuf premières, du 3 février au 23 août 1589, forment un groupe parfaitement distinct du reste. C'est seulement en mai 1596, après une interruption de six ans et demi, que s'ouvre une seconde série, laquelle se poursuit jusqu'au mois d'octobre 1603, peu de jours avant la mort de Charron. Cette seconde série comprend 38 lettres [8].

époque de son départ pour Paris, que pour son assistance à ladite assemblée, pour huit jours qu'il a passés à Paris après la clôture de l'assemblée, pour achever de faire signer et expédier les procès-verbaux, etc., et enfin pour les 15 jours qu'il doit consacrer à son retour à Cahors (soit pour 283 jours, à raison de 5 écus par jour). — 2° Une note sur un exemplaire du *Catechismo di Bernardino Ochino*, Bâle, 1561, qui lui avait été donné par Montaigne (B. N. Réserve, D⁸ 2812). — 3° Deux signatures à la fin de deux registres de comptes conservés aux Archives nationales, cotés, l'un G⁸ 21, « Compte de la recepte generalle des décimes paiables en l'année 1588 », l'autre G⁸ 731, « Compte particulier des frais de voyages et retour de messieurs les prelatz et depputez du clergé assemblez... en la ville de Blois,... 1588. » Nous devons la connaissance de ces deux dernières signatures à l'obligeance de notre confrère et ami M. H. Stein.

1. L'écriture de Naudé n'est pas toujours aussi ferme et aussi nette que dans nos lettres; mais si l'on voulait un terme de comparaison, nous pourrions citer, entre autres, une lettre de Naudé à Gassendi, conservée dans le ms. lat. nouv. acquis, n° 1037, fol. 17, et signée : *Gabriel Misocruciroseus Parisinus*. L'identité est parfaite.

2. Du feuillet 157 à 163. Sur le feuillet 157, on ne lit, de l'écriture de Naudé, qu'un titre : *Extraict des Lettres de Charron à M. de La Rochemaillet*, répété au feuillet 158. Le reste du feuillet est occupé par des extraits faits postérieurement des copies de Naudé, avec des annotations qui ne sont pas toujours exactes; c'est ainsi que, par le *Martyre* de la lettre V, on entend celui de Jacques Clément.

3. Nous devons à M. P. Bonnefon, sur tel événement, sur tel personnage dont parle Charron, des renseignements extrêmement précieux, dont notre annotation, quoique très sobre, a largement profité. Nous nous faisons un plaisir de lui en exprimer ici toute notre reconnaissance.

4. En ne tenant pas compte de la lettre XLV *bis*, répétition de la précédente, mais datée du lendemain.

5. Il est impossible de déterminer l'étendue des lacunes; on peut dire, en général, que les premières lettres sont très fragmentaires, les dernières, beaucoup moins, si même il leur manque autre chose que la signature. La signature n'est reproduite qu'après la dernière lettre du recueil.

6. C'est le cas pour les lettres XX, XXIV, XXXI, XXXIII, XXXV, XXXVI, XXXVIII et XLV *bis*.

7. Lettres X, XX, XXIV et XXIX.

8. Dans cette seconde série, on pourrait également distinguer plusieurs groupes; car, après le

Les lettres du premier groupe datent toutes du séjour de Charron à Angers, où il a joué, en 1588 et en 1589, comme prédicateur, un rôle politique qui n'a jamais été parfaitement défini, et qui, faute de documents, ne le sera vraisemblablement jamais.

Charron n'y fait allusion qu'une seule fois dans ses lettres; mais le passage est trop important pour ne pas être relevé. L'annaliste ligueur Jean Louvet, qui parle deux fois de Charron dans son curieux journal, le cite parmi les prédicateurs de la Ligue les plus écoutés [1]. Toutefois, s'il faut en croire un autre chroniqueur, Bruneau de Tartifume, compatriote et contemporain de Louvet, Charron n'aurait pas persisté dans son attitude politique, et se serait publiquement rétracté, le jour de Pâques 1589, en présence du maréchal d'Aumont, qui s'était emparé d'Angers deux jours auparavant. M. Mourin, auteur d'une histoire très estimée de la Réforme et de la Ligue en Anjou [2], en a conclu qu'il ne faut aucunement ajouter foi à Louvet, lorsqu'il écrit que La Rochepot, gouverneur d'Angers, aurait, au mois d'août suivant, fait défense à Charron « de faire aulcun sermon sous peine de punition corporelle »; Charron, d'après lui, n'a jamais dû se mettre dans ce mauvais cas. Qui devons-nous croire? C'est de Charron lui-même que viendra la réponse; il va, dans une de ses lettres, donner raison à Louvet contre M. Mourin [3]. « J'ai été inhibé de prescher, dit-il [4], et mis en l'arest par la ville. J'ai permission maintenant de prescher, et fus restitué hier en chaire, jour de l'Ascension; mais l'arest dure encore. » — Comme il est regrettable que Charron n'en dise pas plus long sur le rôle qu'il a dû jouer à Angers comme prédicateur, pendant cette époque si troublée!

Au reste, ses sentiments politiques ne se déclarent nulle part d'une manière bien nette. Car, s'il trouve « bien faict » le pamphlet intitulé le Martyre des Deux Frères, il convient qu'il est « trop injurieux » [5]. Et si la Déclaration du Roy contre Mayenne, elle aussi, est « bien faicte », il la trouve cependant « pleine de menteries grossières et impostures [6] ». Ce qui perce surtout chez lui, c'est l'embarras d'un homme qui n'est pas bien sûr de ne pas s'être compromis. L' « agitation publique », qui l' « afflige fort », lui fait éprouver, avant tout, l' « envie de se cacher en quelque coin [7] ».

Ce qu'il rêvait, peut-être depuis longtemps, c'est la retraite. Il semble alors n'avoir qu'une pensée, qu'un désir : réaliser le vœu qu'il avait fait, d'entrer dans un ordre religieux, celui des Chartreux ou celui des Célestins. Toutes ses lettres de cette période ne sont pleines que de ses efforts et de ses démarches pour accomplir ce dessein. Il y met une ténacité, une opiniâtreté que peut-être on ne lui savait pas. Il ne cesse de solliciter, par l'intermédiaire de son jeune correspondant, au risque de l'importuner, une prompte solution. Et même après les réponses peu favorables qui lui sont faites de part et d'autre, — on se refusait à le recevoir à cause de son âge, — il ne se tient pas pour battu,

---

10 juillet 1599, la correspondance subit une interruption de plus de six mois, et une autre de près de quinze mois après le 17 mars 1601.

1. Journal de Jehan Louvet, clerc au greffe civil du siège présidial d'Angers, dans Revue de l'Anjou et de Maine-et-Loire, 3e année, t. II (1854), p. 137 et p. 161.

2. Ernest Mourin, La Réforme et la Ligue en Anjou, deuxième édition (1888), p. 296, note.

3. Il est à remarquer toutefois que cette interdiction, qui, d'après Louvet, serait du mois d'août, serait, d'après Charron, du mois de mai, sinon même de la fin d'avril (la lettre où il en parle est du 12 mai). Louvet s'est donc trompé sur la date. D'après M. Mourin (op. cit., p. 297, note), Charron aurait quitté Angers pour Bordeaux fort peu de temps après Pâques (2 avril 1589); la correspondance de Charron nous le montre encore à Angers en mai, en juillet, et jusqu'au 25 août, sans aucune allusion à une absence quelconque.

4. Lettre VI.

5. Lettre V.

6. Ibid.

7. Lettre VII.

ne se rebute pas, et, à la veille même de quitter Angers, il supplie La Roche-maillet de l'entretenir dans les bonnes grâces des bons Pères. On sait qu'il perdit sa peine et fut relevé de son vœu.

La correspondance de Charron s'interrompt avec son départ d'Angers pour Bordeaux, où il alla rejoindre Montaigne, dont il avait fait jadis la connaissance [1], pour vivre de nouveau assez longtemps dans son intimité. Nous n'avons malheureusement aucune lettre de Charron de cette époque, et, plus tard, pas un mot, dans sa correspondance, ne fera la moindre allusion à ce séjour, qui devait cependant lui laisser tant de souvenirs, ni à cette amitié de l'illustre moraliste, à laquelle il devait attacher tant de prix. Nous ne retrouvons Charron que longtemps après, en mai 1596, à Paris, où il se dit accablé de besogne [2], — sans doute à cause de ses fonctions de secrétaire de l'assemblée du clergé, — et un peu plus tard, en août, à Cahors, où il était retourné auprès de l'évêque Antoine d'Ebrard de Saint-Sulpice.

Là encore, il se plaindra tout d'abord d'être fort occupé, car l'évêque s'en remet à lui du soin de tout son clergé [3]. Mais il ne tardera pas à y goûter le repos et la tranquillité tant désirés [4]. Il aura des loisirs; il reprendra la plume, et vers la fin de février, ou, au plus tard, dès les premiers jours de mars 1597, il est tout au grand ouvrage qui devait, pendant ses dernières années, lui causer tant de soucis, mais aussi lui assurer parmi nos écrivains un rang si honorable. « Je me suis mis depuis peu de jours, dit-il, à travailler à mon livre, que je compose avec plaisir... Il s'appelera *la Sagesse*. Y aura trois livres [5]... » Charron comptait achever le premier livre avant Pâques, le second avant la Pentecôte. Il se trompait dans ses prévisions; car c'est seulement quinze mois plus tard, en juin 1598, que l'ouvrage est près de se terminer [6]. Il est achevé aux deux tiers et plus, et l'auteur songe déjà à qui il pourra bien le dédier; chose curieuse, il a pensé à la belle Corisande, qui le « connaît fort [7] ». Enfin, en novembre 1598, le manuscrit est tout prêt; on le met au net [8]; et dès le mois de février 1599, bien que la copie ne dût être terminée qu'en avril [9], Charron est en pourparlers avec l'éditeur Millanges, de Bordeaux [10]. Il ne restait bientôt plus qu'à obtenir un privilège pour ce que Charron appelait ses « petites phantaisies [11] ». Il fallut longtemps l'attendre; il arriva enfin en novembre 1600 [12]; l'année suivante, *la Sagesse* paraissait chez Millanges [13].

Cependant Charron avait, en 1600, quitté Cahors pour Condom [14], où il avait été nommé chanoine et chantre. Il y acheta presque aussitôt une maison [15], espérant qu'il y pourrait jouir tranquillement de son aisance [16]. Il semble qu'il s'y soit beaucoup plu [17]. « Mes plaisirs, dit-il, sont dedans ma maison, livres,

---

1. La liaison de Montaigne et de Charron remonte au moins à 1586. Voy. P. Bonnefon, *Montaigne, l'Homme et l'Œuvre*, p. 425.
2. Lettre X.
3. Lettre XII.
4. Lettre XVIII.
5. Lettre XIV.
6. Lettre XVIII (1 juin 1598). « Mon livre est fort advancé. »
7. Lettre XIX.
8. Lettre XXI.
9. Lettre XXIII.
10. Lettre XXII.
11. Lettre XXVII.
12. Lettre XXVIII. — Ce privilège est daté de Chambéry, 27 septembre 1600. Il a été publié dans les *Archives historiques de la Gironde*, t. XXVI, p. 25.
13. Le contrat entre Charron et l'imprimeur Millanges date des 5 janvier et 24 avril 1601. Le livre fut achevé d'imprimer « le dernier jour de juin 1601 ».
14. Lettre XXVI.
15. Lettre XXVII.
16. Sur la fortune de Charron, voy. lettres XIV (j'ai « honnêtement amassé du bien qui croît tous les jours »), XV et XVI; cf. aussi lettre XX.
17. Lettres XXVII et XXX.

devis avec mes amis qui me viennent voir [1]. » Existence douce [2], mais peut-être un peu égoïste. Il ne paraît pas avoir eu à l'égard de sa famille des sentiments bien tendres [3]. Il a sa nièce avec lui [4]; mais si nous devons en croire une de ses lettres [5], il ne vécut pas toujours avec elle en parfaite intelligence. Il a d'ailleurs de la femme en général une idée singulièrement peu favorable [6]. Peut-être certains événements malheureux survenus dans la famille de son ami [7], événements sur lesquels nous trouvons dans ses lettres quelques très vagues allusions, ont-ils contribué à lui faire trouver son célibat d'autant plus précieux, sa liberté d'autant plus chère [8]. Il plaint sincèrement la « captivité » de son jeune ami, pour lequel son affection paraît bien sincère [9].

Il ne lui ménage pas, il est vrai, les démarches, et il y eut même, semble-t-il, un moment de froid entre eux. Ce fut à l'occasion de *la Sagesse*. Charron avait promis d'en envoyer la copie à son correspondant [10]; celui-ci se plaignit des hésitations de Charron, qui reculait toujours le moment d'expédier le manuscrit; une lettre de Charron, protestant vivement de sa profonde amitié, dissipa, et pour toujours, semble-t-il, ce léger nuage [11].

*La Sagesse* avait eu un grand succès et s'était rapidement épuisée. Mais on l'avait généralement trouvée trop hardie [12], et Charron prit le parti de la corriger et de l'adoucir. Dès le mois de juin 1602, il pense à la nouvelle édition qu'il va donner de son livre et en a déjà rédigé la préface; en octobre, sinon même en septembre, l'ouvrage a été complètement revu et corrigé [13]. Le manuscrit est tout prêt; Charron va l'envoyer à son ami; mais déjà, il prévoit les difficultés qu'il rencontrera pour le faire approuver, même corrigé, même fortement adouci. Beaucoup d'esprits se sont émus; la Sorbonne a jeté l'alarme; c'en est fini, semble-t-il, du repos et de la tranquillité de l'auteur.

Charron regrette de n'être pas à Paris pour surveiller de plus près cette affaire [14], et bientôt il a pris la résolution d'y aller. Il partira après Pâques [15]; mais comme il tient absolument à y rencontrer l'évêque de Boulogne, Claude Dormy, qui a lu avec grand plaisir *la Sagesse* et s'intéresse vivement à l'auteur, il recule son départ jusqu'à la fin de l'été [16].

Les soucis que lui cause *la Sagesse* ne l'empêchent pas, d'ailleurs, de s'occuper activement d'un autre ouvrage, qui ne devait pas ajouter beaucoup à sa réputation, mais dont l'auteur tenait au moins certaines parties en assez haute estime [17], et qui peut-être, dans son esprit, était destiné à corriger l'effet produit par *la Sagesse*, les *Discours sur la Divinité, la Création*, etc. Le manuscrit en était achevé en même temps que celui de la nouvelle édition de *la Sagesse*, c'est-à-dire en septembre, au plus tard en octobre 1602 [18]. En mars 1603, il en

---

1. Lettre XXVII.
2. Charron est toutefois inquiété, dès 1598 et jusqu'en 1601, par un procès avec un certain Veirez, procès assez important, semble-t-il, mais sur lequel la correspondance ne donne aucun détail (lettres XX, XXIV et XXXI).
3. Voy., à ce sujet, un passage très expressif de la lettre XIII.
4. Lettre XVIII.
5. Lettre XXXII.
6. La lettre XIX est, à ce point de vue, des plus curieuses. Voy. aussi la lettre XXVIII.
7. Lettres XVIII, XIX et XXVIII. Dans la lettre XXX, il est fait allusion au remariage de son ami.
8. Lettre XXVIII : « O précieux cœlibat, estat de liberté! O misérable captivité vostre! »
9. Sur les sentiments de Charron pour La Rochemaillet, voy. lettres XIII, XIV, XVI, XXV, XXVI. Il le considère comme son héritier possible, et le lui dit (lettre XIV).
10. Lettre XXI et surtout lettre XXIII.
11. C'est ainsi, du moins, croyons-nous, que doit être interprétée la lettre XXV.
12. Lettre XXXII.
13. Lettre XXXIV.
14. *Ibid.*
15. Lettre XXXVII.
16. Lettre XLIII.
17. *Ibid.*
18. Lettre XXXIV.

a envoyé une partie à Claude Dormy [1], au jugement de qui il déclare se fier pleinement [2], malgré certains désaccords, et à qui il a la pensée de le dédier [3]. Mais il dut, sans doute, soumettre son travail à une complète refonte; car, en juin, il dit n'en avoir terminé que la première partie [4], et nous savons qu'il y travaille encore au mois d'août [5]. L'ouvrage ne parut qu'après sa mort, en 1604.

Cependant l'évêque de Boulogne, qui semble avoir pris Charron en amitié, lui offre une théologale dans son diocèse. Charron refuse d'abord [6]; il ne veut pas quitter le soleil du Midi pour les brumes du Nord; mais, devant les propositions avantageuses qui lui sont faites [7], il ne tarde pas à se raviser [8]; finalement, il se déclare tout prêt à accepter [9].

Il va donc rejoindre l'évêque de Boulogne à Paris. Il faut d'ailleurs qu'il s'occupe de l'approbation de *la Sagesse*, si difficile à obtenir, et pour laquelle il désire la signature de deux docteurs [10]. C'est pour lui la grande affaire. Un moment, il est vrai, fatigué d'attendre, il déclare qu'il saura s'en passer, à la rigueur [11]. Il a fait à son livre nombre de corrections, de forme, il est vrai, plus que de fond; tant pis pour qui les jugera insuffisantes [12]. Claude Dormy a beau les trouver inutiles, il tient à les insérer. Mais bientôt, nouveau revirement : cette approbation, à laquelle il disait ne guère tenir, il la lui faut absolument, dût-il y dépenser cinquante écus [13]; ce n'est pas pour lui, « qui n'estime guère tout cela », mais pour autrui. Cependant, bien que l'opposition qu'il rencontre commence à l'irriter [14], il saura temporiser; il n'est pas homme à gâter les choses par précipitation [15]. « Les animaux sauvages, dit-il, se doivent avoir par finesse plutôt que par force [16]. » L'évêque de Boulogne l'engage à imprimer les *Discours de la Divinité* avant *la Sagesse*; il y consentirait, si *la Sagesse* n'était « plus preste [17] ».

Sa présence devient de plus en plus nécessaire à Paris. Quelques moments de conversation avec l'évêque de Boulogne et La Rochemaillet feront plus, pour la solution de ces difficultés, que toutes les lettres du monde [18]. Le 25 août, il se déclare tout disposé à monter à cheval [19]. Qu'on arrête, si elle est commencée, l'impression de *la Sagesse*; car il vient d'y faire de nouveaux changements. Qu'on hâte, au contraire, celle des *Discours*; car il va arriver sous peu, et il tient à profiter de son prochain séjour pour en surveiller l'exécution.

Il quitte enfin son cher Midi vers la mi-septembre. Il s'arrête de trois à quatre jours à Bordeaux, et le 1er octobre, il est à Poitiers [20]. Dans quelques jours, il aura rejoint ses amis. — Le 20 octobre, il passe un contrat avec le libraire David Douceur pour l'impression de *la Sagesse* [21]. Mais il n'en devait

1. Lettre XXXIX.
2. Lettre XXXVII.
3. Lettre XLIV.
4. Lettre XLIII.
5. Lettre XLV.
6. Lettre XLI.
7. Claude Dormy lui offrait une maison, et aussi une chaire pour prêcher (lettre XLV).
8. Lettre XLIV.
9. Lettre XLV.
10. Lettre XXXVII.
11. Lettre XLI.
12. Lettre XXXVII.|Le *Post-scriptum* surtout est bien curieux.
13. Lettre XLII.
14. Lettre XLIV.
15. Lettre XLV.
16. Cf. ce qu'il dit des femmes dans la lettre XIX.
17. Lettre XLV.
18. *Ibid.*
19. Lettre XLVI.
20. Lettre XLVII.
21. Voy. l'édition de 1604.

voir que les trois ou quatre premières feuilles [1]. Le dimanche 16 novembre, il était frappé, en pleine rue, d'apoplexie foudroyante, à l'âge de soixante-deux ans.

## Extraict des lettres de Charron à M. de La Rochemaillet.

### I

*Angers, en celle du III feb. 1589.*

J'ay receu vostre lettre, laquelle pour s'excuser de cérémonie, est *la medesima arte*.

Je pensois vous envoyer trois lettres pour la confidence que j'ay en vous à les distribuer & en tirer responce *pro Carthus[iensibus]*, *Celest[inis]*, *etc.*, mais on me vient de dire que le messager veult partir.

### II

*Angers, 10 feb. 1589.*

Je vous supplie prendre la peine, mais à vostre ayse & commodité, car il n'y a rien de hasté. Les deux lettres aux Chartreux & aux Cœlestins.... Aux Chartreux vous y pourrez aller avec liberté, comme sachant mon dessein, si vous le voulez ainsi; mais aux Célestins, faignant ne scavoir rien de mon affaire, scaurez, s'il vous plaist, s'ilz ont intention de me faire responce & me la faire tenir.

### III

*D'Angers, XVIII feb. 1589.*

J'ay quasi trouvé remède à mes affaires, advenant que lesdites lettres ne facent aulcun effect & que l'on ne veuille point de moy par delà.

### IV

*D'Angers, III<sup>e</sup> mars 1589.*

La lettre des Célestins que m'avez envoyée m'a resjouy, mais ils remettent à une autre fois à me faire responce résolutive, ne pouvant lors, à cause de l'absence du Père provincial & prieur; qui est cause que je vous suppliray y retourner encore un coup, pour avoir la dernière, & cependant regarder la chapelle d'Orléans, à main droicte du cœur, que j'estime la plus belle de Paris [2].

---

1. Voy. l'*Éloge de Charron* par Michel de La Rochemaillet.
2. La chapelle d'Orléans, dans l'église des Célestins de Paris, était justement célèbre. « Le principal bienfaiteur des Célestins de Paris, après Charles V, dit Félibien, *Histoire de la ville de Paris*,

## V

*D'Angers, X mars 1589.*

Vostre lettre m'a tout resjouy, j'entends à cause de la responce aucunement bonne des Chartreux, qu'avez pris peine d'avoir ; il reste encore d'avoir la responce cathégorique du bon Père de Castello, Célestin. Le Père Chartreux me remet à faire responce cathégorique à Pantecouste. Cependant j'ay trouvé ici homme qui se dict avoir grand crédit avec le général de l'ordre qui est à la Chartreuse & luy fais escrire. J'en espère bien, & quant il ne réussira, encore auraye gaigné cela, d'avoir mis mon esprit à recoy.

L'on dict icy que le Roy est à Tours [1] & a faict pendre deux hommes qui, le jour de caresme prenant, en folastrant, avoient donné des coups de cousteau à une peinture de Roy.

Je vous montre que je suis fort vostre serviteur, puisque je vous importune & employe si hardiment & familièrement. Et puis, si j'y entre, vous aurez part à ce peu de bien que j'y feray. Dieu m'en donne la grace. Amen.

*Le Martyre* [2] est assez bien faict, mais trop injurieux. Je juge que Mʳ Puginat [3] l'a faict. La Déclaration du Roy contre Mʳ du Mayne bien faicte [4], mais pleine de menteries grossières [&] impostures que les chambrières y voient.

## VI

*D'Angers, 12 may.*

Je suis affamé d'entendre responce des Célestins cathégorique. J'ay esté inhibé de prescher & mis en l'arest par la ville. J'ay permission

---

t. I (1725), p. 608, a été Louis, duc d'Orléans..., qui fut enterré dans leur église, dans une chapelle magnifique, où sont, pour ainsi dire, entassés les ouvrages de sculpture les plus rares et les mieux finis qu'il y ait à Paris. » — Voy. encore Sauval, *Histoire et recherche des Antiquités de la ville de Paris*, t. I (1724), p. 459-461, et surtout le P. Beurrier, *Histoire du monastère et couvent des Pères Célestins de Paris*, 1634, principalement le livre IV.

1. Henry III était à Tours le 21 février ; c'est précisément le 21 février qu'est tombé le mardi gras ou jour de carême-prenant en 1589.

2. Il faut entendre ici le pamphlet ayant pour titre : « *Le Martire des deux Frères, contenant... les particularites les plus notables des massacres et assassinats commis ès personnes de... Reverandissime cardinal de Guyse... et de Monseigneur le duc de Guyse..., par Henry de Valois...* » — Plusieurs éditions, un peu différentes les unes des autres, en ont été données coup sur coup. L'auteur se cache sous la double anagramme : *La richesse peult* et *Y presche le salut*, que l'on a plusieurs fois interprétée par *Charles Pinselet*, auteur du *Martire de Jacques Clément*. Nous ferons seulement observer que cette interprétation ne peut être admise qu'à la condition de donner à l'n de Pinselet la valeur d'un u. En tous cas, les anagrammes excluent Pigenat, à qui Charron est porté à attribuer ce factum. Charron, du moins, n'a pas tort de le trouver injurieux ; il l'est autant que l'auteur l'a pu faire. — Ce pamphlet a été réimprimé dans les *Archives curieuses de l'Histoire de France* de Cimber et Danjou, t. XII (1836), p. 57-107.

3. Sans doute pour *Pigenat*. François Pigenat fut, comme l'on sait, l'un des plus fougueux prédicateurs de la Ligue ; mais rien n'indique, bien au contraire, qu'il soit l'auteur du *Martire des deux Frères*. Voy. la note précédente.

4. Charron vise ici la « Declaration du Roy sur l'attentat, felonnie et rebellion du duc de Mayenne, duc et chevalier d'Aumalle, et ceulx qui les assistent..., [février] 1589 », déclaration qui existe aussi en latin, sous ce titre : « *Decretum regis Galliae de rebellione, felonia et sceleratis consiliis ducis Mayenni, ducis et equitis Aumalliorum et aliorum qui se illis adiunxerunt,* [février] 1589. »

maintenant de prescher & fus restitué hier en la chaire, jour de l'Ascension; mais l'arest dure encore; je n'ay peu jamais obtenir congé de m'en aller.

## VII

### D'Angers, 1er juillet 1589.

Je suis marry que je ne puis avoir meillieur responce des bonnes gens que scavez. Je vous suppliray pour la dernière main d'i aller encore, pour scavoir s'ils veulent pour le moins me promettre & me donner espérance, & voudrois scavoir leur volonté par tout ce moys de julliet, pour puis me résoudre à quelque chose; car je deseigne m'en sortir d'icy en aoust, & voudrois auparavant scavoir ce que je puis attendre de ce costé.

L'agitation publique m'afflige fort, telle qu'elle est. L'on vous tient icy pour perdus à Paris [1]. J'ay envie de me cacher en quelque coin.

## VIII

### D'Angers, XVII juillet 1589.

Je m'en retourne fasché de ce que je n'ay peu exequuter le dessein que j'avois. Si l'injure du temps ne m'eust empesché, j'espérois en venir à bout, non obstant le refus que l'on m'a faict à Paris, & s'il plaist à Dieu nous donner le temps, je pouray revenir encore.

Si vous allés en ces maisons des Chartreux & Célestins, & que la commodité y soit, je vous prie m'entretenir en leur mémoire & grace, & s'il advenoit qu'il y eust temps calme & qu'ils voulsissent scavoir [ou favorir] [2] mon dessein, me le mander, car je ne faudrois incontinent de revenir. En cela vous feriez œuvre dont Dieu & les hommes vous scauroient gré, & tascherois de le recognoistre tous les jours de ma vie; mais j'ay grand peur que n'oubliez & moy et mon affaire, & vous estes seul dedans Paris qui le scavez; par quoy, vous n'y faisant rien, tout est arresté pour moy. Vous estes homme de vertu & de Dieu; ne perdez la commodité de faire un si bel œuvre; il ne vous coustera que des pas & des parolles, & le fruict en sera grand:

## X [3]

### De Paris, XVIII may 1596.

Nous sommes affolez d'affaires matin & soir & entrons à six heures du matin. [Transposée.]

---

1. Les troupes royales étaient parues devant Paris dès le 24 mai; le 1er juillet, date de cette lettre, elles prenaient Étampes.

2. Les mots ou favorir, entre parenthèses dans le manuscrit, sont vraisemblablement de Naudé, qui aura, dans la lecture de l'original, éprouvé quelque hésitation.

3. Cette lettre, qui dans le manuscrit vient la neuvième, est chronologiquement la dixième. Cf. plus loin, lettres XX, XXIV et XXIX.

## IX

### *D'Angers, XXIIII aoust 1589.*

Adieu ; je m'en vois dans 4 ou cinq jours, s'il plaist à Dieu. Je ne faudray vous escrire de Gascogne.

Quant il vous plaira aller veoir par dévotion ou autrement les Messieurs que scavez, je vous supplie m'entretenir en leurs graces, & leur dire que, s'il plaist à Dieu nous gratifier d'une paix, ils me verront bien tost à leurs portes.

## XI

### *De Caors, receue le III aoust 1596.*

Je desirois vous advertir du succez de mon voyage, qui a esté, graces à Dieu, fort bon, sauf un accident, lequel, à la vérité, m'a fort peu touché ; c'est que mon homme, François, estant à Orléans, sans dire mot, me quitta & s'en ulla, emportant tout mon argent (scavoir cinquante escus), & me laissa sans un liard. M^r des Aigues [1], avec lequel j'estois, me presta quinze pistoles doublons [*id est* 30 escus] [2].

## XII

### *De Caors, III septembre 1596.*

Je n'ay point encore eu le loisir d'escrire à Angers. C'est vérité & non excuse, tant j'ay trouvé icy de besongne taillée ; et M^r qui me charge sur les espaules tout le soin de son clergé [3].

## XIII

### *De Caors, X janvier 1597.*

L'accident de mon frère & de sa fille ne m'a guère fasché ; estant tel qu'il estoit, il est mieux hors de ce monde que d'y estre. Je voudrois que ce qui reste du sien fut avec luy & que Gabriel fut sain entre vos bras [c'estoit son filliol] [4] ; mais ce sont desirs vains, puisque Dieu le veult.

Vous m'obligés trop à vous par la démonstration que vous faictes d'aimer & desirer ma compagnie & la continuation de vostre amitié. Le subject ne le vault pas & ne me suis pas ouvert du costé le plus beau par lequel d'autres que vous m'aiment ; & ne l'ay pas faict, car je

---

1. 1. s'agit vraisemblablement de Jacques des Aigues, chanoine et trésorier de l'église de Bordeaux et conseiller au parlement de Bordeaux ; il avait, comme Charron, fait partie de l'assemblée du clergé de 1595-1596, mais c'est à Bordeaux sans doute que Charron et lui se connurent.
2. Les mots entre crochets [  ] sont, ici comme plus loin, une addition de Naudé.
3. L'évêque de Cahors était alors Antoine d'Ebrard de Saint-Sulpice.
4. Addition de Naudé.

ne l'ay ausé faire ; & ne l'ay ausé, car je n'avois assez de temps, & c'est chose qui ne se doibt jamais faire à demy. Ou n'y fault point toucher, ou tout monstrer, qu'on que ce soit. Je penserois m'estre un bon heur & le compterois pour un très bon *item* de ma vie pouvoir estre prez de vous pour communiquer familièrement. En dire davantaige le mariage ne le permet pas.

## XIV

### De Caors, VIII mars 1597.

Je me suis mis depuis peu de jours à travaillier à mon livre, que je compose avec plaisir. Je me persuade qu'il plaira à certain humeur de gens. Il s'appellera *La Sagesse*. Y aura trois livres. Le premier sera tout achevé avant Pasques & le second avant la Pentecoste.

Je vous suis fort obligé de l'honneur que me faictes de m'aimer & desirer que nous puissions vivre ensemble. Sur quoy je vous diray deux mots : l'un est que je suis en vérité en ceste mesme volonté, encore que je ne me sois tant déclaré que vous & que je n'en face tant de mines, & me courrouce contre ma fortune & condition, de ce qu'elle n'y consent pas ; l'autre est qu'ayant honestement amassé du bien qui croist tous les jours & tout ce qui m'appartient estant presque mort, je ne scay à qui donner & faire part de ce que j'ay. Je desire un tel homme que vous, auquel je puisse *me credere viventem* & puis *omnia relinquere*. Je desirerois que vous fussiez conseillier à Angers ou *aliquo alio honesto titulo*, habitant de là, & moy auprez de vous. Celà soit dit par forme d'ouverture.

## XV

### De Caors, VI juin 1597.

La plus grande difficulté en mon remue mesnage est de traîner ou charier 25 mille livres que j'ay en deniers.

## XVI

### De Caors, ce IIII juillet 1597.

.... & outre ces raisons, j'appréhende la difficulté de transférer par delà tous mes moyens que j'ay icy. Ce qui ne se peut faire sans y perdre beaucoup, & quant bien ils y seroient transférez, quant aux deniers, car les bénéfices ne peuvent, le moyen de les bien colloquer & seurement est très difficile ; par quoy *qui ben sta non se muove*.

J'avois envie grande, s'il y eust moyen de vivre ensemble, de m'ouvrir du tout à vous ; car je ne l'ay ausé ny voulu jamais faire, & autre chose ne m'en a empesché, sinon que je voyois ne pouvoir estre long temps avec vous.

## XVII

### De Caors, XX aoust 1597.

La nouvelle est certaine icy que M[r] le Mareschal de Biron, cousin germain de Mr de Caors [1], est gouverneur de ceste Guyenne, au lieu du Mareschal de Matignon. C'est encore une amorce pour m'arrester en ce pays.

## XVIII

### De Cahors, IIII juin 1598.

Mon livre est fort advancé. Les deux tiers & plus sont achevez, & en l'automne je pense qu'il sera bien prez de la fin. Estant faict, je vous l'envoyray, si vous le trouvez bon, pour puis adviser ce qui sera à propos.

J'ay plus de pitié & de compassion de vous que vous ne pensez. Car j'appréhende bien & imagine l'estat espineux auquel vous estes. Les deux personnes plus proches, l'une que vous honorez, l'autre que vous aimez le plus, vous sont fort rudes. Je serois bien ayse de vous y pouvoir secourir. Je vis icy en grand repos & joye avec ma niepce. Je voudrois bien que vous fussiez de l'escot; mais il faudroit estre né fame; c'est un don de Dieu qui n'est pas donné à tous.

## XX

### De Cahors, XXIX juillet 1598.

[Il traicte de l'affaire de Veirez, advocat de Bourdeaux, auquel il avoit presté, il y avoit plus de XV ans, 500 escus.]

## XIX

### De Caors, XXVIII juillet 1598.

De tous les instruments pour essaier la patience, la femme est le souverain à fer esmoulu; il fault une grande art & prudence. Ruzer, eschiver, conniver, faire le sourd & le stupide semble plus expédient que vouloir résister de vive force & le non deffendre que le deffendre, laisser mourir & assourdir le coup, comme on faict au coup de canon, en y opposant de la laine & plume, car les choses dures & résistantes, il les brise & rompt. Mais je ne puis excuser M[r] de La Rochemaillet vostre père, car il me semble n'y aporter pas ce qu'il peult & doibt.

En pensant & regardant ce procez, vous ne penserez point au démon [2] domestique; ce sera une diversion.

---

1. Claude de Gontaut-Biron, sœur du maréchal Armand de Gontaut-Biron et tante du maréchal Charles de Gontaut-Biron, dont il est question ici, avait épousé Jean d'Ebrard, baron de Saint-Sulpice; Antoine d'Ebrard, évêque de Cahors, était leur fils.
2. Il semble que le manuscrit porte démon, corrigé en démongt.

C'est chose très asseurée, & n'en doubtez, que je vous envoiray mon livre si tost qu'il sera achevé, & j'espère qu'il le sera dedans 3 ou 4 moys. Je croy que pour avoir privilege & permission de le faire imprimer (ce sont deux choses), il le faudra monstrer à M͏ʳ de Bourges. Je n'ay point encore résolu à qui le dédier, & ne scay si, pour ce qu'il y a trois livres, je le dédiray à trois divers ou tout à un. J'ay bien en ma teste de prendre ou ledit sieur de Bourges (mais il s'en va mourir & *nemo occidentem solem adorat*) [1], ou la comtesse de Guyssen [2], ancienne maistresse du Roy, car elle me cognoist fort, ou M͏ʳ le marquis de Pisani, gouverneur du petit prince [3], ou M͏ʳ d'Espernon [4]. Bref, je suis fort incertain; mais il n'y a point de haste.

## XXI

### *De Caors, ce XXV novembre 1598.*

Et bien, Monsieur, estes vous de retour à Paris? Je pense qu'ouy. Vous soyez donq le bien revenu & en bonne santé. Comment se porte on à Angers? Je ne scay point où vous demeurez, etc.

L'on met au net mon livre & puis je vous l'envoyray.

## XXII

### *De Cahors, receue le XVI febvrier 1599.*

Au moys de mars, s'il plaist à Dieu, vous orrez parler de mon livre. L'imprimeur de Bourdeaux, Millanges, m'a parlé de l'imprimer [5]. Je luy dis qu'il le fault veoir auparavant que rien respondre.

## XXIV

### *De Comdom, XXIIII may 1599.*

[Il ne parle que de son procez contre Veirez. Transposée.]

## XXIII

### *De Caors, XVIII avril 1599.*

Mon livre est achevé, mais je suis bien empesché à vous l'envoyer,

---

1. L'archevêque de Bourges était alors Renaud de Beaune, qui, né en 1527, avait, en 1598, soixante et onze ans. Il devait vivre plus longtemps que Charron ne semble le penser; devenu en 1602 archevêque de Sens, il mourut en 1606, c'est-à-dire trois ans après Charron lui-même.

2. Ou de Guiche, bien connue sous le nom de *la belle Corisande.*

3. « Je l'avois choisy (le marquis de Pisany) et mis auprès de mon cousin le prince de Condé (Henry II de Bourbon, né en 1588), pour ce qu'il ne pouvoit apprendre ny en exemples de sa vie et de ses mœurs, ny en ses instructions, que toutes choses vertueuses, dignes de mon dict cousin. » Lettre de Henry IV du 10 octobre 1599, dans *Recueil des Lettres Missives de Henry IV*, t. V, p. 175.

4. C'est à ce dernier finalement que le livre fut dédié.

5. C'est en effet à Bordeaux, chez Millanges, que parut, en 1601, la première édition de *la Sagesse.* L'auteur, sur le titre, est appelé Pierre Le Charron. La seconde ne parut qu'en 1604, à Paris, après la mort de l'auteur, par les soins de Michel de La Rochemaillet.

tant pour n'avoir homme assez asseuré, qu'aussi je n'en ay qu'une copie bien correcte & au net, & ne scay, vous l'ayant envoyé, quant je la pouray bien recouvrer pour y mettre les additions que je fais tous les jours. Je ne la recouvrerois pas quand je voudrois, & si je la perdois, je serois à mon pain querre. Bref, j'appréhende fort de l'envoyer. J'attendray encore quelque commodité.

## XXV

### De Caors, X juillet 1599.

Il n'y a aucun doubte ny exception si petite qu'il n'y aye une entière & parfaicte amictié entre nous deux, car jugeant de vous comme de moy, je m'en asseure. Mais la difficulté est aux moyens de l'exercer, la jouir & venir aux effects plus souvent, personellement, immédiatement, etc. J'y pense plus que vous n'y pensez, & peult estre qu'enfin s'y trouvera quelque remède, s'il plaist à Dieu.

## XXVI

### De Bourdeaux, XXI mars de l'an jubilé.

J'escris celle-cy à l'advanture. Mais ce n'est pas à l'aventure, ains de certaine science & avec toute fermeté, que je vous dis que je languis de vous veoir, que je me fasche que je ne suis avec vous, que je suis vostre parfaict amy. Voila ma déclaration toute simple & naifve.

Je m'en vois demeurer à Comdom, où je suis chanoine & chantre.

En ceste ville sont Messieurs le cardinal de Sourdys & d'Espernon [1], qui me font tous deux très bonne chère.

## XXVII

### Le 6 may de l'an jubilé.

Est allé un homme en court de Bordeaux, qui a promis de me recouvrer un privilege général, et Millanges, nostre imprimeur, desire imprimer mes petites phantaisies. Voyla pourquoy j'attens encore. Si je ne puis recouvrer ce privilege, je vous envoyrai tout pour le faire imprimer.

J'achepte maison en la ville de Comdom, qui est assez prez de Bourdeaux, & m'y veux accommoder. Lieu sain, beau. Mes plaisirs sont dedans ma maison, livres, devis avecq mes amys qui me viennent veoir; & pour ce j'estudie de rendre ma maison plaisante.

---

1. Le cardinal de Sourdis était archevêque de Bordeaux depuis l'année précédente, et le duc d'Épernon gouverneur du Limousin depuis 1597.

## XXIX [1]

### De Bordeaux, XII novembre.

[Par la main de Mr Garnier [2], parce qu'il avoit le bras droict empesché
'une défluxion.]

J'ay recouvré mon privilege enfin & ne fut que hier. Bientost je feray
nettre la main à la besongne, & en scaurez des nouvelles.

## XXVIII

### De Comdom, dernier aoust l'an jubilé.

O précieux cœlibat, estat de liberté! O misérable captivité vostre!
le vous plains amèrement, etc.

Je desire que le monde soit racourcy & chastré d'une personne, & ne
crains point de pécher; imo est charité. Car tous les deux seroient bien
à part, & sont mal ensemble.

## XXX

### De Comdom, 7 febvrier 1601.

Nous sommes icy, Mr Garnier & moy, & vivons en paix & joye. Pleust
à Dieu y fussiez vous! Nous vous fer[i]ons rire, encore que ne voulsis-
siez pas; mais vous aymez mieux veoir les royaultez & grandeurs du
monde, & rire moins. Celuy-la est vanité, & celuy-cy est substance &
vérité. Or bien depuis le petit René [3] avez vous rien faict. Comment
vous portez vous tous? Vostre royne nouvelle est-elle belle? Est-elle
grosse? Dieu le veuille; par sa grace, Dieu luy donne deux beaux masles,
ou ensemble ou successivement.

## XXXI

### De Comdom, XVII mars 1601.

[Ce n'est qu'un mot touchant son procez.]

## XXXII

### De Comdom, X juin 1602.

Je scay que ce livre est diversement pris [de la Sagesse] [4]. Il y a des

---

1. Les dates indiquent qu'il y a transposition de cette lettre avec la suivante.
2. Julien Garnier, ami de Charron, vécut un certain temps avec lui; il figure dans le testament de l'écrivain pour un legs de cent écus. Voy. Archives historiques de la Gironde, t. XXIV, p. 232.
3. Gabriel Michel de La Rochemaillet avait eu de sa femme, Denise Rivière, plusieurs enfants; René, qui est nommé ici, est connu par des poésies latines. Voy. Célestin Port, Dictionnaire histo-rique de Maine-et-Loire, t. II, p. 670.
4. Addition de Naudé.

choses un peu hardiment dites; c'est pourquoy je l'ay reveu & corrigé, & en plusieurs lieux je l'ay adoucy.

Il y a M^r l'evesque de Boulongne [messire Claude Dormy] [1] & prieur de Saint-Martin-des-Champs, qui m'a honoré d'une sienne lettre à cause & en faveur de mon livre. Je luy ay respondu & envoyé la préface que j'ay dressée & désignée mettre en la seconde édition [2]. Je ne cognois point ce seigneur, mais je luy suis fort obligé de m'avoir prévenu, etc.

Je m'esbahis bien avec vous de ce que *Les Trois Véritez* [3] se trouvent produites soubs autre nom & ne puis deviner que c'est, si ce n'est qu'il les aye faict latines, & pour ce y aye mis son nom comme translateur. Vous vous en prenez au libraire ou imprimeur; il me semble que c'est à ce Benoist Vaillant, advocat, qu'il s'en fault prendre plus tost.

Pendant que le sire Estienne a esté par delà, je ne vous ay point escript, d'aultant que le diable de ma niepce sa femme, & moy, ne sommes pas bien ensemble.

## XXXIII

*De Comdom, XXII juin 1602.*

[Il le prie de tirer responce & veoir M^r l'evesque de Bolongne.]

## XXXIV

*De Comdom, 1^er octobre.*

J'ay tout reveu, corrigé, augmenté mon livre; maintenant, s'il n'y a de la malice, on ne trouvera point de quoy s'offenser.

M^r de Boulongne & vous le pouvez veoir et faire veoir, & en obtenir l'approbation de quelques docteurs, s'il est possible, mais n'en fault faire bruict. Car quelque malitieux se pourroit susciter, qui desgousteroit & empescheroit ladite approbation. Il y a de la malice & de l'envie partout.

Je me repens que de bon heure je n'ay demandé & poursuivy de prescher en quelque lieu de Paris ces advent(s) ou caresme, pour avoir subject d'y aller.

J'ay un petit livre intitulé *De la Divinité*, tout prest [4], que je vous voulois envoyer pour le monstrer audit seigneur evesque de Bolongne & le luy dédier, si vous sentiez qu'il le trouve bon.

1. Autre addition de Naudé.

2. La seconde édition, de 1604, parut avec une préface beaucoup plus longue que la première et très sensiblement différente.

3. *Les Trois Véritez*, de Charron, avaient paru pour la première fois en 1593, à Bordeaux, chez Millanges, sans nom d'auteur; plus tard, Charron y mit son nom. C'est en 1595 que parut à Bruxelles, chez Rutger Volpius, une édition frauduleuse.

4. Ce sont les *Discours chrestiens de la Divinité, Création, Rédemption et octaves du S. Sacrement*, parus en 1604. — Le manuscrit porte : *J'ay un petit livre de la Divinité. Discours intitulé : de la Divinité, tout prest*.

## XXXV

### De Comdom, VI novembre 1602.

[Il luy parle d'une affaire pour le chapitre de Comdom, & rien autre chose.]

## XXXVI

### De Comdom, VI décembre 1602.

[Il dict qu'il luy envoyra son livre corrigé.]

## XXXVII

### De Comdom, ce XII de l'an 1603.

Je remets toute la conduitte de ceste impression au jugement de Mʳ de Boulongne & vostre.

Ces additions & corrections[1] tendent à esclaircir & fortifier, & en quelques lieux adoucir. Aucuns de mes meilleurs amis de deçà, gens clairvoyans & nullement pédants, en sont bien édifiez & satisfaicts, & sans cela ne le sont pas. Je desire fort une approbation de deux docteurs pour arrester toute malice, censure, opposition ou condemnation publique. Car les particulièr[e]s, par escrit ou autrement, je les desdaigne & me seront un passe temps.

Quant à Monsieur, je luy suis fort obligé pour une si bonne & libérale affection qu'il me porte, & c'est pourquoy je me résouds de l'aller veoir & luy offrir mon service apres Pasques, sans autre subject ny prétexte.

Vous n'avez pas comprins mon intention ; car je n'ay aucun desir de prescher advent & caresme à Paris ny ailleurs, ni aussi aucune résolution au contraire : mais je vous mandois, ce me semble, que me marquant subject & couleur de faire un voyage à Paris (car encore fault-il justifier ces actions & voyages, & avoir de quoy dire à ses cognoissans & amis), j'eusse volontiers pris celuy là, d'i aller prescher, y estant appellé. Maintenant, je n'en veux point d'autre que d'aller veoir & cognoistre Mʳ de Boulongne, puisqu'il me faict cest honneur de me desirer, comme m'escrivez.

[En un billet à part.]

Pour ce que vous pouvez montrer vostre lettre à Mʳ de Boulongne. je vous escrips cecy à part, que vous prie brusler apres l'avoir leu.

Ledit sieur ne sera pas poult estre de cet advis, de mettre aucune addition ni correction à mon livre, car il me faict assez sentir par sa dernière qu'il ne le trouve pas bon. D'aultre part, je cognois qu'il est fort expédient, pour fermer la bouche aux malitieux, contenter les

---

1. Le manuscrit porte : *Ces additions & additions.*

simples, faciliter une approbation des docteurs, de mettre celles que je vous envoye, lesquelles, sans rien altérer du sens & de la substance, servent beaucoup à ces trois fins. C'est pourquoy je vous veux prier de tenir la main que mesdites additions & corrections soient insérées en ceste seconde édition, non obstant l'advis contraire dudit seigneur, auquel vous pourez remonstrer les raisons susdites, & non obstant que je m'en remets à son bon advis & jugement; bien consentiraye que, suivant son advis, l'on ne mette point en la face du livre ces mots ordinaires : *Reveu, corrigé & augmenté* [1].

## XXXVIII

### De Comdom, III febvrier 1603.

[Il demande le jugement de Mr de Boulongne sur ses nottes, & presse l'impression de son livre avec icelles.]

## XXXIX

### De Comdom, 10 mars 1603.

[Il continue de solliciter l'édition de son livre & parle de l'aprobation & en quelle[s] mains il le fault mettre.]

Le petit escript de la *Bénédiction de Jacob* [2] ne mérite pas d'estre imprimé; c'est un petit avorton; je le voudrois bien plus estendre & parer, s'il avoit à aller es public. J'ay envoyé une partie des *Discours de la Divinité* à Mr de Boulongne, scavoir huict cayers, qui peuvent faire les deux tiers.

## XL

### De Comdom, lundy de Pasques dernier mars.

J'attends ce que ledit sieur de Boulongne me respondra sur les *Discours* que je luy ay envoyé[s] pour veoir aussi ce que j'auray à faire de cela.

## XLI

### De Bordeaux, 7 avril 1603.

Puisque l'on ne peult obtenir approbation des docteurs Sorbonnistes, je me contenteray fort bien qu'il y aye approbation de quelque ou quelques prélats. Elle sera encore plus authentique des prélats que des théologiens, & au pire pire, le faudra imprimer sans approbation.

Je remercie bien humblement Mr de Boulongne de sa bonne affection

---

1. La seconde édition, parue en 1604, porte la mention : *Reveüe et augmentée.*
2. Il s'agit ici du *Discours chrestien sur la Bénédiction donnée par Isaac à Jacob, son fils puisné, pensant la donner à Esaü, son aisné.* Ce court morceau, malgré la médiocre estime dans laquelle le tenait son auteur, a été imprimé plusieurs fois, en 1600, en 1632, en 1645.

envers moy & de l'envie qu'il ha de me faire du bien. J'accepterois assez volontiers la théologale qu'il me veult donner; mais l'air [1], le climat de Boulongne, froid, humide, obscur, couvert, non seulement est mal plaisant & triste à mon humeur & naturel, mais mal sain, catherreux, rheumatique. Je suis solaire du tout; le soleil est mon Dieu sensible, comme Dieu est mon soleil insensible; par quoy je me crains que je ne pourrois m'acommoder ny habituer à Boulongne non sainement ny plaisamment, *ergo* nullement. Quant à Saint-Denis-de-La-Chartre [2], je ne scay encore rien dire de cela pour le présent. Cela mérite d'y penser. Je ne puis bien me résoudre de mon voyage de Paris, que je n'aye responce de Mr de Boulongne touchant le temps de son retour à Paris & touchant les *Discours* que je luy ay envoiés.

## XLII

### De Comdom, XXVII avril 1603.

Je voudrois, quand il me cousteroit cinquante escus, qu'il y eust approbation de deux Sorbonistes en mon livre; ce n'est pour moy, qui n'estime guères tout cela, mais pour aultruy.

Au reste, j'espère vous envoyer painct ce qu'il fauldra graver en taille doulce pour mettre au frontispice de mon livre, qui sera le portraict de Sagesse [3]; c'est chose de quoy je me suis advisé depuis trois jours seulement; je y veux penser.

## XLIII

### De Comdom, XVIII juin 1603.

Je vous ay mandé que je ne voulois partir d'icy pour aller à Paris, que Mr de Boulogne ne fut de retour, parceque je vois pour le veoir, & aussi que mon livre ne fut sur la presse [4]; car je ne veux qu'en ma présence l'on m'y fasse quelque difficulté ou détourbier.

J'ay achevé la première partie de la *Divinité*, où y a douze discours. Le dernier est *De la Création*, qui est plus à mon goust que tous les autres; mais les gousts sont différents.

---

1. Tout ce passage, très caractéristique, depuis : « l'air, le climat, etc. », jusqu'à : «... plaisamment *ergo* nullement », a été reproduiʼ à peu près textuellement par Michel de La Rochemaillet dans son *Éloge de Charron*.

2. Collégiale de Paris; sans doute des propositions avaient été faites à Charron de ce côté; mais il n'en est plus question dans les lettres suivantes.

3. Plusieurs anciennes éditions de l'ouvrage sont en effet ornées d'un frontispice allégorique, représentant la Sagesse victorieuse de la Passion, de l'Opinion, de la Superstition et de la Fausse-Science. L'explication de la figure, un peu compliquée, se trouve d'ailleurs imprimée dans les éditions, à la suite de l'*Éloge de Charron*. On la rencontre pour la première fois dans l'édition de 1604, d'où elle passe dans celles de 1607, 1613, 1632, 1640, 1646. La gravure est l'œuvre du célèbre Léonard Gaultier.

4. Le manuscrit porte : *ne fut commencé sur la presse; commencé* est biffé.

## XLIV

*De Comdom, 15 juillet 1603.*

Je ne suis maintenant à Paris; je vous ay mandé la raison, en laquelle je suis encore plus ferme maintenant, ayant veu par celle de M^r de Boulogne les difficultez, les bruits & les parolles qui ont esté à cause de ceste approbation. Je ne me scaurois tenir que je ne fisse le fol aussi bien qu'eux, encore que ce ne fust si doctoralement, par profession & precipu [1] comme eux. Il me fault laisser passer ce feu, ceste tempeste, & non à ma présence souffrir ces affronts. Il me semble que ceste approbation se devoit mener, pratiquer & soigner secrètement & sans bruit; car j'en suis presque maintenant en désespoir. Ce bruit advenu les aura effarouchez, eschauffez, iritez [2]. Les animaux saulvaiges se doivent avoir par finesse, plus tost que par force. Je n'eusse point doubté que le sieur Cayer, tant obligé à Mons[eigneur], ne l'eust signé; or j'en suis en grand esmoy, attendant ce quy y aura esté faict & advancé, depuis [que] l'impression [3] est commencée. Je vous prie que la préface ne s'imprime pas, que je ne le sache; car j'y pourray adjouster. Le *Theatrum naturae* de Bodin n'a qu'un *comes* Augustin approbateur [4]; or ce livre ha cinquante opinions condamnées en l'eschole.

Je ne scay s'il desire qu'ils soient publiez en son nom [5] [scavoir les *Discours de la Divinité*], car à cela il ne m'a point respondu; & s'il ne le desire ny ne s'en soucie, quel est besoin de luy rompre davantaige la teste? La vanité ne m'inporte pas tant que de faire cas de ce qui est mien. Qu'on les estime aultant que l'on voudra, ce m'est un. Par quoy je remets à vous de les luy monstrer, si bon vous semble, selon l'humeur & la trempe où le trouverez. S'il les veult estre imprimez, ils sont tous prests; s'il veult en son nom, *fiat*; s'il ne s'en soucie, il n'y a rien de gasté. Vous supplie de m'en advertir.

Les deux conditions que m'escrivez touchant la théologale, scavoir trois moys de l'an & liberté de la laisser *totiens quotiens*, me font radviser. Il est vray que ne me dites pas quels trois moys de l'an sont, ny ce que l'on desire de moy particulièrement. A la première fois que me manderez cela, je vous diray ouy tout à faict ou l'iray dire moy mesme.

---

1. Nous ne serions pas étonné que ce fût là l'un des exemples les plus anciens de ce mot; on remarquera l'absence du *t* final de l'orthographe actuelle, *t* que Littré déclare inexplicable, étant donnée l'étymologie *praecipuum*.

2. Le manuscrit porte : « eschauffées, iritées. »

3. Le manuscrit porte : « depuis en l'impression. »

4. L'édition de l'*Universae naturae theatrum* de 1595 (Hanovre), non plus que celle de 1597 (Francfort), ne contiennent d'approbation; mais dans celle de 1596 (Lyon), on lit : « Approbatio.... opus... multiplici eruditione ornatissimum et studiosis omnibus utilissimum..., luce dignissimum... ego F. Io. comes Augustinianus... » Et plus bas : « Naturae theatrum Io. Bodini, I. C., omni eruditione refertissimum, in lucem edendi facultatem concedendi..., Chalom, officialis. »

5. Il faut entendre par là : Je ne sais si l'évêque de Boulogne désire que les *Discours sur la Divinité* lui soient publiquement dédiés.

## XLV

*De Comdom, V aoust 1603.*

Le dernier *Discours* [de ceux de *la Divinité* [1]], qui est *De la Création du monde*, duquel avez le commencement, s'est tellement enflé & grossy que ce sera un juste livret. Toute la physique y est entrée, mais à ma mode. Me voila prest à vous aller veoir en septembre.

Quant à la théologale, je suis aucunement disposé à l'accepter, puisque Monsieur le desire. Ainsi, toutesfois, estant si prest de le veoir, je me réserve à luy dire le mot moy mesme. Mondit sieur desire que *la Divinité* précède *la Sagesse*, afin de faciliter son approbation; cè que je trouve bon & y consents; mais cela s'entend de la publication & n'empesche que *la Sagesse*, qui est plus preste, ne se puisse mettre sur la presse le premier; car *la Divinité* ne s'y peult mettre que je n'y sois présent. Je suis en grand esmoy pour la difficulté que me mandez à obtenir ceste approbation. Si la fault il vaincre par quelque moyen, & en obtenir une, quelle qu'elle soit. De tous les autres poincts, comme d'accepter la maison que ledit sieur m'offre, selon que m'escrivez, [&] une chaire pour prescher, je m'en résoudray en trois mots avec luy & vous, plus tost & mieux que par toutes les lettres du monde. Je suis homme qui crains de faillir & gaster quelque chose par précipitation, etc.

## XLV bis

*De Comdom, VI aoust 1603.*

[Ce n'est que le duplicata de la précédente.]

## XLVI

*De Comdom, 25 [aoust], jour Saint-Louys 1603.*

Je suis disposé tout incontinent de monter à cheval pour vous aller veoir, si le messager ne m'aporte de vous ou de Mr de Bouloigne quelque nouvelle qui m'en empesche. Si le livre de *Sagesse* n'est point encore sur la presse, il le fault arrester & attendre que je sois là. Car depuis huict jours il m'est venu en l'esprit une transposition de chapitres & une grande addition à mettre au premier livre, qui me consolera sur le long delay de l'imprimer; de quoy il me faschoit.

[Au reste, il prie qu'on diligente d'avoir l'approbation des livres *De la Divinité* & que soudain on les mette sur la presse, afin qu'ils se puissent imprimer pendant son séjour & en sa présence.]

Je n'attends point de respence à celle-cy, car j'espère partir d'icy presque aussi tost que vous recevrez la présente.

1. Addition de Naudé.

## XLVII

*De Poictiers, au beuf couroné, 1ᵉʳ octobre 1603.*

Me voyci à Poictiers, graces à Dieu, plus qu'à demy chemin de vous veoir. Ne pouvant si tost arriver que ce porteur à Paris de trois ou quatre jours (car je n'espère pas y estre avant jeudy ix octobre), je vous ay bien voulu escrire ce mot, pour vous dire qu'il n'y a plus de remise ny de doubte, que je ne vous voye bien tost, s'il plaist à Dieu. Je m'en iray droict à vous pour vous veoir & entretenir, & puis m'habiller & me mettre *in habitu & tonsura*, pour puis aller veoir Mʳ de Boulogne. Ce seront deux ou trois jours aprez mon arrivée que je ne le verray point, si ce n'est que vous soyez d'autre advis ; lequel je suivray en tout & par tout. Car il fault, s'il vous plaist, que vous soiez mon tuteur & curateur, tant que je seray à Paris. Il y aura demain quinze jours que je suis en chemin party de Comdom, ayant seulement séjourné à Bordeaux trois jours & demy, & icy deux jours pour attendre le messager. Je partiray d'icy demain ; si vous voiez mondict sieur, vous le pourrez asseurer de ce que dessus. Monsieur le marquis de Villars estant icy arrivé hier soir, me vient d'envoyer convier pour souper par un gentilhomme, comme j'escrivois cecy. Je ne l'ay jamais veu ny luy moy, que je sache, & *in summa*,

> Monsieur,
> le plus humble & serviable amy, compère & serviteur,

> CHARRON.

*Ce premier octobre, à Poictiers, au beuf couroné.*

*Ces lettres m'ont esté comuniquées par M. Gassendi, qui les avoit empruntées de M. Rochemaillet, pour en envoyer coppie à M. Peiresc. — 9 septembre 1628.*

DÉSACIDIFIÉ A SABLÉ
EN : ▮- AOUT 1991

Coulommiers. — Imp. PAUL BRODARD.

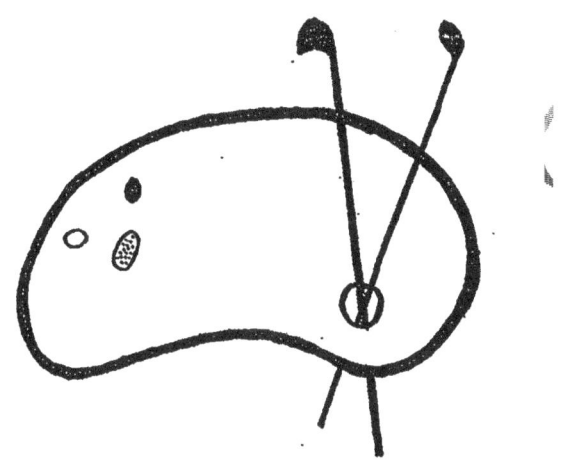

ORIGINAL EN COULEUR
NF Z 43-120-8

www.ingramcontent.com/pod-product-compliance
Lightning Source LLC
Chambersburg PA
CBHW061729180626
46818CB00006B/2533